KB071654

청어詩人選 324

결정이다

박태원
시집

청어

시인의 말

세월이 참 빠릅니다. 2005년 등단을 하고 책을 빨리 내보고 싶었습니다.

시 100수정도 되면 한 권의 책을 만들 수 있다기에, 열심히 습작하여 모아 100수가 되었습니다. 그러나 마음은 변하고 좀 더 좋은 글을 선보이고 싶은 마음으로 생각이 달라졌습니다.

17년 동안 모아온 1,000수 중 부끄러운 글을 몇 편 뽑아 상재합니다. 때로는 나의 마음이고, 때로는 나의 바람이고, 때로는 행복이었고, 때론 몸부림이었습니다.

이제는 내 손을 떠나면 이 글은 여러분의 것입니다. 두 손 모아 드리오니 사랑해 주시고, 저의 마음을 같이 나누어 주시면 감사하겠습니다.

2022년 이른 봄, 서재에서
박태원

절정이다

2부 그 바다에 가면

3부 이 또한 지나가리라

4부 자화상

해설

김송배
(시인, 한국문인협회 자문위원)

1부

기다림

어디서 꽃소식이

제주에서 유채꽃 소식을 전해왔다
남녘에도 풋풋한 꽃내음이 벌써다
바람이 바다를 건넌다는 것은
땅 짚고 헤엄치기 같은 쉬운 일이겠는가

훈풍은 가속페달을 올려야 하고
촘촘한 그물 사이로 몸을 낮추어
번갈아 사자와 오리걸음을
선수처럼 수행하는 것이다

육지도 복병은 기다리고 있다
엔진 톤을 열이 오르도록 키워야
산마루에 오르고 등성이를 넘어가는 일
바람의 등에도 땀이 맺힌다는 말이
생소하게 들리지 않는 현실 앞에
여기 우리 땅에도 훈기가 만져진다

저기 봄은 꽃을 들고 왔다
손에는 꽃 코에는 향기
기대에 부풀어도 손해 볼 것 없다
아주 조금만 기다리자 아주 조금

입춘이라예

바람 속을 걸었다
아직 두꺼운 외투 사이로
스며드는 바람은 입안에
작은 고추마냥 맵다
나의 봄은 어디쯤 올까
지인 웹사이트에 홍매화가
밝은 얼굴로 봉우리 터뜨리기
직전이라는데 드디어 입춘이다
까치가 둥지를 손질하고
영강도 녹아 논밭을 깨우고
담을 넘는 호미 고치는 소리
동면에서 서서히 깨어
춘래한 것이겠다
마음엔 봄꽃이 이르게 피었다
산수화도 피었다 매화도 피었다
수선화도 피었다 가슴이 부푼다
향기를 한아름씩 안겨주며
이집 저집 큰 고함으로 부르고 싶다

첫 단추 끼기

새해에 드리는
첫 새벽기도는 나의 첫 단추다
운동으로 아침을 채우는 걸음도
나의 첫 단추다
신중해야 매무새가 정갈하다
새 달력을 펼쳐놓고
줄서있는 날들을 소환하여
그대와 내가 나란히 서서
첫 단추를 붙잡고 서있는 시간
지금이 소중한 것은 첫 단추의 매력
단추 하나가 엉클어지면
옷을 일만이 아닌 것이
엎어지고 뒤집어지는
주사위와 같은 현실을 본다
새해의 결심들 모두 첫 단추 끼기다
한 번 잘못 끼면 끝까지 오답이다

동춘(冬春)의 밀당

사철의 규범이 반듯하게
석 달이라는 테두리가 존재하는
넘지 못할 담장이 아니런가

내가 좋아하는 봄과 가을은
언제나 몽당연필처럼 짧다
옆집의 몸집 확장으로 힘에 밀려
끙끙대면서도 입도 벙긋하지 못한다

손가락 세며 봄을 응원해 보지만
겨울폭풍은 화난 회오리 되어
호랑이의 발톱을 내어놓고
한 발자국도 양보 않으려 안간힘이다

봄을 응원하러 들판에 나왔다
색깔이 분명하고 또렷한
깃발 세워 펄럭이게 하고
연초록 강둑도 그리고
논두렁도 그리고 새잎도 달고
여기서부터 봄기를 응원한다
날밤을 세워볼 요량이다
새봄이 열리는 날을 위하여

소한에서 대한으로

기온이 주르르 미끄럼을 타듯
소한에서 대한 집으로 가는 길은
바람이 들쑥날쑥 맵고 짜다
겨울의 강을 건너면 언제나 찾아오는
정겨운 물소리가 고막을 울리고
파릇이 돋는 냉이의 기운을 먹을 때가
아직은 너무 멀리 울리는 메아리다
오지 않는 눈을 맞으러 어느 님은
눈꽃을 보러 강추위 속으로
즐기러 갔다는 소문 앞에
두려움과 부러움의 존재감을
흔들어 정신이 멀뚱하다
태양은 겨울 속에 갇힌 나를 맞으러
오늘도 해는 동녘에서 힘 있게 올랐다

환승

우리는 2021호 열차에 타고
여기까지 왔지만 간이역에서 내려
2022호 열차로 갈아타야 한다
다사다난했던 시간들이
머릿속을 까맣게 스쳐가는
정거장마다 고난의 흔적과
앞치마에 박힌 애환들이
주렁주렁 실과처럼 열려있다
주섬주섬 짐을 챙겨
출구로 내려 기대라기보다는
미지의 불안과 긴장 속에
다음 열차가 오기에는
그리 많은 시간이 소용되지 않았다
2022호 창가에 자리하고
서툰 시간에 불안을 밀어내며
별빛 희망을 총총 가슴에 박아본다

민들레가 시집갈 때

마당에 노란 꽃 민들레
화사한 옷매무새 정겹다

홀씨시절 바람 가마로 시집갈 때
오가는 눈길 많은 도시공원
비옥한 땅에 안착하여
눈길 두루 받으면 좋을 텐데

우리 집 자갈마당
구석진 곳 찾아주어
꽃대 올려 밤낮을 밝혀주니
고맙구려 감사하구려

절정이다

미미하고 시시한 고난이 아닌
절정의 고난이라고 부르자
날이 갈수록 점점 깊어만 갔던
통증과 외로움과 수치스러움을

우리에게 귀한 생명 주시려고
아낌없이 내어주셨던 희생을
말로만 하기 염치가 없다

진달래도 피고 개나리도 피고
봄꽃 벚꽃도 피어나고 있다
꽃 한 송이의 아픔을 볼 줄 아는가
봉오리를 찢어야 피어난다
사람들은 꽃만 보고 좋아라 하지만
생살이 찢겨 꽃이 될 때 외마디가 있다

편지

비가 온다
봄을 재촉하는 비가
비가 내리는 날이면
바람결 살랑대는 마음 얹어
슈취인 부재의 편지를 쓴다
그리운 맘 여울진 정성의 손편지
썼다가 지우고 또 써보는 편지
그리움이 편지보다 창가에
먼저 도착되었음을 뭘로 전할까
이런 고민이 생겨 먹먹할 때
뜨거운 커피 한 잔 내려먹어야겠다
봄날인데도 구멍 난
가슴에 부는 바람은
시베리아 북풍같이 느껴지니까

쪽빛 바다

파도는 섬이 그리워
날마다 뭍에 닿는다
한순간도 깊이 잠들지 못하고
뒤척이는 밤이 길다
할 말이 많아도
말을 아낀 채 철석 철석
바위 위에 발도장만 찍는다
파도와 섬은 하 세월을
마음 숨겨 그리움을 가둔 일로
시퍼렇게 가슴 벽이 녹아
쓰리고 아픈 흔적을
물위에 쪽빛으로 풀어 놓았을까

인생버스 721번

나는 오늘도 721번
인생 노선버스를 기다린다
지금껏 즐겨 탔었고
오늘도 그냥 타야 한다

10명의 승객이 동행하는데 보니
7. 나한테 별로 관심이 없었고
2. 그냥 나를 싫어하고
1. 겨우 어쩌다 나를 좋아한다

그래도 나는 좋다
오늘을 만나 내 길을 간다
사는 것 뭐 크게 놀랄 것 없다
인생 모두 도길 개길 다르지 않으니까

홍매화 소식

꽃이 피었다고 봄소식 야단이다
꽃망울 터트리며 퍼지는 향기가
산야를 점령하고 마을로 내려오면
누구나 봄소식에 설레는 마음이다

꽃을 보고 누구나 싫다는 사람 없다
앙증맞게 핀 꽃들이 자분자분 따라와
한철을 가슴속에 앉아 자리 잡으니
날마다 꽃과 함께 누리는 힐링이다

사순절나무

우리 교회 울타리는
탱자나무 숲이다
수십 년 묵은 나무에는
왕가시가 우락부락
독이 들어 무섭다

날선 가시에
한번 찔리기라도 하면
욱신욱신 쑤시고 통증이
오래 가고 여간 아프다

봄볕 좋은 날에
전지 작업을 했다
사순절 기간이라
주님 머리에 가시관이 생각났다

얼마나 아팠을까
머리에 송송 박힌 가시
주님께 다가가 진홍새처럼
하나씩 뽑아드릴 수 있을까

첫 걸음마

언 땅 밑에서 꿈틀꿈틀
대지가 들썩이고
얼음이 쩍쩍 꺼지는 소리
봄바람은 겨울을 밀어낸다

우수 지나 낮달 걸린
영강천 하늘에는 촘촘한 빛이
어찌나 달게 내리 쏘는지
냉이 동심이 부쩍 자란다

샅바를 빼앗긴 심술 한파는
간혹 담장을 기웃거리지만
잘 가라 등 떠밀고 새 손님과 악수하는

우리 앞에 열리는 연두색 봄은
가슴 두근거리게 하는
출발의 첫걸음이라 좋다

하늘재

하늘이 땅으로 내려앉고
땅이 솟아 정상을 기웃대는
대간의 정기가 소곤대는
하늘재로 가보자

숲 냄새가 달아
청량함의 맛을 더하고
눈으로 다가오는
연두색 새잎들이
매혹의 화살을 연발하는
그 숲

신라의 숨결이 묻어있는
산소가 구르는
옛길 따라 걷다 보면
어느새 마음이 뿌리를 내리는 골
흙냄새도 정겨워
또 그리워지는 하늘재의 품

비가 내린다

하늘이 문을 열어
바라던 꿀 비가 내리면
물방울 구르는 새잎마다
더욱 짙은 진초록이 활보한다

영양제 수혈 받은 잎새가
병상을 들쳐 일어나듯
구부렸던 허리를 곧게 펴고
한 뼘이 우뚝 자랐다

기다리고 사모했을 간절한 땅
생명을 키우는 사명으로
젖줄을 풀어야 함에도
원천이 고갈된 빈 주머니
이제 부풀어 지고 있다

부활의 아침기도

긴 터널입니다
숨이 막히고 앞이 보이지 않고
한숨 깊어지고 두려움이 엄습해옵니다
코로나 정국을 한 장의 마스크로
막아보려고 안달했던 가련함
주여 긍휼히 보옵소서
주님이 겪어야 했던 고난주간
고통의 질량이 얼마인데
혼자서 다 당하시고
저희는 외면하고 말았습니다
울부짖음의 터널을 지나
고통과 아픔 다 이기시어
죽음을 깨뜨리고 부활 언덕에 서셨습니다
주여 소망 주셔서 감사합니다
미련한 저희를 도구 삼으사
주님 뜻에 복종하게 하시고
죄악 된 인류의 미약한 기도 들으사
두려움 터널 속에서도 한줄기 빛
믿음으로 바라보게 하시고
매일 부활의 아침을 맞게 하소서
소소한 날에도 감사하게 하소서

봄꽃은 연신 피고

아직 겨울인 듯
두터운 옷을 즐기고 있는데
꽃이 피었다고 연신 톡이 바쁘다
나풀거리는 분홍치마 두른 진달래랑
병아리 부리를 매단 개나리가
대표주자로 이어 달리기를 한다
소식을 잔뜩 접하고 나서야
발밑에서 봄을 찾으니
손가락 보다 키 작은
이름 모를 꽃들도 좁쌀만 한 꽃을
얼굴에 매단 채 환하게 웃는다
쪼그리고 앉아 눈 사진을 찍고
일어서는데 조리개에 삼삼하다
봄은 새잎도 꽃잎도 반가워라
내 맘을 다 훔쳐가 버린다

기다림

기다림은
설렘일 게다
막차가 다 떠나도
내일을 기약하는
여유로움과 함께

내일도
동구 밖 서성이는 일 있으면 좋겠다
부드러운 봄날 곁에서
모서리 없는 하트를 달고
화려하지 않아도 고우며
찬란하지 않아도 눈부신
목련의 기품을 간직한 채

긴 세월
숙성될수록 값진
맛과 향기를 생성한다
봄이 올 때까지
하루하루의 기다림이
옳았다는 환호로
대를 올려 꽃 피우게 될 것이다

칼랑코에 곁에서

아메리카노 한 잔 타서
창가 칼랑코에 옆에
다가앉으면 두툼한 언어
바리톤 인사가 건네 온다
너에게 대하여 차츰 알아가는
단계가 흥미롭다
그래서 꽃말과 같이
설렘이 무한 폭발 한다
화분의 점령군처럼 씩씩하게
꽃대를 올리는 말발굽의
요란한 행군소리 듣는다

2월을 열면서

돌담길 돌아가는 길
봄풀이 파릇하다
날마다 양지를 찾아온 햇살이
풀뿌리를 만져
잠을 깨우는 자명종이었다
입춘을 앞질러온
안방 화롯불보다 더 따스한 봄 뜰
가을인가 하다가
겨울인 것도 모르고
봄으로 건너뛰니
정신이 휑하다
2월의 마당은 어떻게 열릴지
문고리를 잡고 있으니 가슴이 뛴다

밥이나 먹고 다니냐

'밥 먹어라'
골목을 향해 들리는 목소리
아직도 선명한데
나도 이제 중늙은이가 되었습니다

자식 밥 굶기지 않으려고
당신을 위해 못쓰시던 아버지는
육십 세 중반에 세월 앞에
무릎을 꿇었습니다

몸이 약하여 부모의 근심이었던
아버지의 외아들
'밥이나 먹고 다니냐'고
물어올 것 같은데

며칠 전 현대공원 갔더니
밥 드시는 것도 잊은 채
안부도 묻지 않으시고
오든지 가든지
어머니랑 같이 잠만 주무시데요

부활은 오고야 말았습니다

칠흑 같은 어둠을 뚫고
혼란스런 고요를 넘어
소란이 긴장으로 동트는 새벽
아직 불신과 회의가 가득한
언덕 너머로 약속을 따라
막지 못할 봇물이 터졌습니다

지진 뒤에 무덤이 입을 벌리고
돌문이 굴러가고
지키던 병사가 혼비백산
제자들도 뿔뿔이 흩어져
아무도 따르지 못하고 믿지 못해도
그날은 오고야 말았습니다

예수님의 부활
진정 현실로 전파 되고
모두 벙어리가 되었습니다
빌라도 법정도 유대병정도
종교를 지도하는 자들도
모두 모두
예수 부활하시고 부터는

생명이 요동치고 기쁨이 샘솟고
소망이 불타고 삶의 이유가 생기고
예수 부활하시고 부터는

아버지

중절모자를 하나 샀다
모자를 보는데 아버지 생각이 났다
아버지의 모자는 바깥구경을 잘하지 못했었다
대나무 살에 문종이로 바른 통에 정중히 모셔졌고
천정 높은 곳에 달아두었다
아버지가 아끼는 물건이다

혹이나 모자를 달라는 심부름을 할라치면
뾰족 나온 코를 조심히 잡고 드리곤 했다
일 년에 그와 함께 외출이 몇 번 되지 않았으리라
아버지가 중절모를 쓰는 날이면
그렇게 멋있어 보였다는 것이
빛바랜 세월의 상념 너머로 어렴풋이 기억 된다

나도 그 나이는 되었는데 사용이 쑥스러운 지금
그리움이 더해지는 날이면
중절모자를 만지며 또 추억까지 만진다

풀꽃

우리 마당이 좋아라 찾아온 풀꽃
내가 보아주지 않으면 누가 보아주랴
구석구석 문패를 찾아보니 많기도 하다

서로 다른 얼굴과 몸매들이
봄바람 따라 눈 속에 나풀거리는
민들레부터 냉이 꽃까지 발길을 잡는다

너무나 앙증맞은 제비꽃 앞에
눈맞춤 하여 사연 익히노라
하루해가 껌벅껌벅 저물어 간다

길동무

굽이 돌아 오르막길 오를 때
길동무 하나 있으면 좋을 텐데
힘들어 풀썩 주저앉을 때
팔 하나 빌려주는 다정한 길동무

외로움 밀려와 가슴속 정박할 때
괜찮아 내가 있잖아 하면서
말하지 않아도 마음 나눌 수 있는
눈빛만 보아도 내 맘은 네 맘이리

너의 깊은 옹달샘 그 눈
너는 힘들어도 하나 표시 없이
항상 같이해 주는 풀잎 정원이라
호박꽃 노랑 큰 별 흐뭇해 웃는다

까치집 소동

철거반을 부르는 전화소리에
부르르 떠는 것은
전봇대 위에 무허가 건축을 한 까닭이다
목조에다 간혹 철 재료도 넣어
짓는 집은 현대식이겠거니
전기 넣기 좋은 전봇대를 골랐으니
까치부부 누구의 지혜였을까

집을 다 지은 새집에 둥지 틀어
알을 하나둘 모아 안았다
어느 날이었다
전화하는 철거반원
알을 다 낳았나 보니 오늘이 좋겠습니다
전봇대를 타고 올라 까치집을
왕창 뜯어 내리는데
두 부부 까악 까악 사생결단이었습니다

와이파이

방 안에 두 팔 벌린
와이파이가 있다
눈을 껌벅껌벅하며
건강한 맥을 자랑한다

눈에 보이지 않는
정보를 주섬주섬 주워 모아
알거리 볼거리를 사냥해 온다

우리 집의 작은 거인
와이파이는 높은 탑이다

길 가는 나그네

시원한 바람이 그리운 날
처서를 사흘 앞둔 어느 날
탱자 울타리를
쉬어 넘는 호랑나비도
더위 먹고 맴돌다
거미의 밥상에 걸렸습니다
쉼을 찾아 떠도는 나와 너
가야 할 목적지가 눈앞인데
회오리바람처럼 머물지 말고
달팽이의 보폭으로 걸어도
전진을 소원하는 그대는
아름다움을 그리는 꽃향기요
조물주가 빚은 꽃술이요
광야 길에 미소 짓는 나그네입니다

어느 날 오후

태풍 뒤에 새털 같은 구름이
차일인 듯 덮는 하늘인데도
여름의 성격은 너무나 확연하다
마당 가득 생명 있는 것들의
푸르름이 저마나의 음량과
음색으로 목소리를 높인다
가마솥 열기를 감당하지 못한
마당가 여린 풋나물들이
몸을 꽈배기 마냥 비틀어
목숨을 구걸하는 삶의 애환
그들의 틈바구니에서
만물의 영장으로서의 권한을
어깨에 멘 슬픈 아골 골짜기
하늘에 뜻이 있나니
크거나 작거나 앞서거나 뒤서거나
정오 시간 푸름이 눈에 차다
눈으로 먹는 치유의 알약

2부

그 바다에 가면

그 바다에 가면

바다를 생각하다
바다에 가는 꿈을 꾸었다
소라 고동의 소리를 듣다가
갈매기의 꿈으로 이어지는…
정말 바다에 갔다
쏴아 한 바람을 한배 안고
바다 나들이에 몸을 맡긴 하루는
내 마음에까지
은빛 물결이 넘쳐 들어와
무지갯빛으로 저장되니
초여름의 하루는 그냥 좋았다
조물주의 손가락으로 빚은 해금강
우람한 제 모습의 바위들
두고두고 오래 기억하려고
디카에 담아 시상으로 저장했다
놀라움 감탄 경이로움에
아직도 심장이 뛴다
바다, 섬, 갈매기, 해금강,
모두 추억의 박자다

기다려집니다

평강의 선물을 갖고 오시는
그 시간이 기다려집니다
이 땅을 고치러 오시는
그 시간이 기다려집니다
굽은 길 곧게 하고
광야에도 길을 내시는
마냥 주님이 기다려집니다
못 살겠다는 아우성이 높은 이 땅에
주님이 진정한 소망입니다
생명의 주인인 주여 내 심령에
은혜만 가득하게 하옵시고
믿음이 강건하고 견고하여
감사의 바구니가 넘치게 하옵소서
오늘도 주님을 기다립니다
내일도 주님을 기다립니다
날로 주님을 마중하렵니다
오 주님 오 주님

하늘을 보며

추위방지용 문풍지를 달아
창문을 꼭꼭 걸어 잠그는 12월 밤
방 안 공기가 무거워
커튼을 젖히고 창문을 연다
집 마딩에는 소내 받지 않은 별들이
언제부터인가 내려와 발자국이 흥건하다
별들이 주인을 보자 줄행랑을 치며
제집으로 돌아가는 모습이
내 마음 읽지 못한 모습이라 우습고 아프다
화려하지도 않고 눈부시지도 않는
은은한 빛이 얼마나 좋은지
가슴에 일던 파도가 잔잔히 부서지고
생각의 일렁임도 박힌 못처럼 고정되는
저기 하늘을 올려다보노라면
한해를 보내는 뚫어진 가슴에
아쉬움과 그리움이 반반씩 공존해
처마 끝에 달려 바람에 흔들리고 있다

그 어릴 적 초상화

눈을 감아도 보고
보고 싶은 어릴 적 친구
오늘따라 무척이나 그리워져
하얀 도화지에다 네 얼굴을 그리고 싶어
데생 연필을 들었다
이것보다는
분홍물감으로 칠해볼까
한참 후 슬그머니 내려놓고
하얀 크레파스를 쥐어본다
뭘로 그릴까 무슨 색으로 칠할까
오늘은 마음 정하지 못한 날이다
완성된 그림을 액자에 넣어
못질해야 하는데
초침 선수의 거칠게 뛰는
숨소리가 귓전을 울린다
다정한 얼굴이 벽에 걸리기 전
서산에 해가 먼저 걸릴 것 같아
마음 쓰이는 날이다

네 마음을 살 수 있다면

이 한 줄 글로
네 마음을 살 수 있다면
바람 부는 산모퉁이에서
찢겨나간 깃발처럼
한니절 서성여노 좋으리라

밀려오는 그리움을
소년은 가슴에 동여매고
밤을 하얗게 새우며
길이 없는 길을 몇 바퀴 사색했었지

시간이 하현달처럼
기울어진 시간일지라도
가난한 그리움은 불쏘시개라
하늘을 물들이고 산야를 태우고

붉게 지는 하루해가
물속에 들어가 있다
하얗게 정갈하게
그리움을 헹구는가 보다

남해에서

운무 드리운 봄 바다
수평선에 드리운 햇살
숨 쉬는 물결 위 바람도 잔다

그림같이 일어선 섬
피부를 싸는 바다냄새
정경보이는 횟집에서
수다로 나누는 정
먼 훗날 추억될까

남해 예술인 집
시름이랑 근심도 내려놓고
파스텔의 색조 선명한 정원
자연 속 동심으로 동화되는 여운

바다로 달리던 꿈

뭍에 사는 우리는 바다를 그리워했지요
섬으로 올라와 묶인 인어처럼
타는 목마름을 꾸역꾸역 삼켰지요
태양이 이글거리는 날이면
세설병처럼 열병을 앓았지요
작은 역도 마다않는 밤 열차를 타고
바다로 나가는 꿈을 여러 번 꾸었지요
꿈속이라 그런지
꾸린 큰 짐이 무겁지 않았지요
놓쳐버린 시간의 흐름과
생의 질곡의 현실의 망각들
수영복차림이 부럽던 생각들이
철지난 과거의 하소연으로 잦아들고
설령 우리를 바다에 내려놓았을 때
수평선만 물끄러미 바라보는
움직이지 않는 망부석으로 묶여버렸지요
그 가운데 서서 바다의 심장소리만 듣다가
돌아서는데 그래도 바다의 꿈은
계속 꾸이고…

나의 청국장

청국장이 바글바글 끓으면
구수하고 야릇한 시골냄새가
창호지 구멍으로 새어
돌담 사이로 꼬리 올리고

정겨움을 마주하고
숟가락을 부딪치는
소박한 밥상에는 감사가
따끈한 냄비 온도처럼
달아올라 추위에 적절한
음표로 매끈하고 따끈하다

한 술 두 술 즐기다보면
언제 밥 한 공기를 비웠나 하고
포만감에 숟갈을 내려놓아도
서운치 않지만
한 숟갈의 미련은 뇌리에
풍선처럼 둥둥 떠다닌다

은혜를 더하소서

은혜는 좋다
그 무엇보다 귀하고 좋으나
값으로 매길 수 없다
세상에 모든 것은 값으로 매겨
진가를 수치로 나타내며
줄을 세워서 등위를 말하나
은혜는 그럴 수 없다
은혜를 은혜로 볼 수 있고
말하고 간증할 수 있다면
은혜의 사람이 될 수 있고
감사의 삶이 될 수 있을 텐데
불평이 난무하는 시대에
나도 은혜의 사람이 될 수 있을까
은혜가 그리워지는 시대
오 나에게도 은혜를 더하소서

생각

바람이 빨리도 달린다
깊어가는 가을이라 그렇다고
알려주지 않아도 짐작하건데
떨어진 낙엽이 정신을 차리지 못해
혼이 다 나갔나 싶다
바람의 손을 잡고
휑한 들판을 걸어가니
아버지 같이 힘이 세다
산마루 힘든 길도 거뜬하게
한순간일 것이 문제가 문제도 아니다
쉽게 풀리는 정답이다
웬만할 땐 생각나지 않더니
이럴 때 아버지가 생각날 줄이야

세월 가두기

신흥 오일장이 장사진이다
설날을 앞둔 대목장이라 했다
문경 산 지 여러 해 되었어도
이런 광경 처음 보니 왜일까
흥미신전 와자지껄 인산인해다

달력을 통째로 먹은 사람들이
세월을 가두지 못한
삭정이 같은 몸으로
연출하는 장날 풍경이
어깨를 툭툭 부딪는다

얼마나 많은 시간들이 손아귀를
빠져나가 연기처럼 사라지고
애를 쓰고 따라가다 놓쳐버린 여운
머릿속에 먼지 만들며
달리는 모습이 여간이다
저 달아나는 세월이여

인생 사계절

인생에 사계절이 있는 법이지
꽃피는 향내를 맡으며
벗들과 함께 수월하게
언덕을 넘는 평탄한 길이 있는가 하면

혼자서 사막을 건넌다고 하면
도저히 힘을 낼 수 없는 지루하고
외로운 시간들이 끝이 보이지 않아
무릎 꿇고 항복하게 될 것임을 안다

만사에 때가 있어 힘든 일 지나가리라
해가 뜨고 별이 반짝이는
그날이 오리라 기도하는 손이
얼마나 귀하고 아름다운가

우리네 겨울은 길고 추울 것이다
시퍼런 칼날같이 맹수의 발톱같이
싸늘한 겨울의 자락이 드리운 땅
미지의 골짜기 죽음의 대지들이
줄지어 늘어선 그 길을 간다
바람을 맞으며 간다

유년 에피소드

아이스케끼
자전거가 지나간다
반가운 소리다
발 빠르게 내달려
빈 병과 헌 고무신을 찾는다
울고 싶다
왜 헌 고무신도 없는 거야
아빠 고무신이
좀 낡기는 한데 안 된단다
실망스런 내 앞에서
친구들이 신나게
아이스케끼를 먹는다
한번 먹어
인심 좋은 친구가 내미는 손을
미안해서 흐르는 물만 훑었더니
깨물어먹어
얼마나 먹어야 할지 몰라
꼬리를 깨물어 입안에 넣으니
사르르 녹는다
어른이 되면 아이스케끼
실컷 사먹어야지

간이역의 오후

줄 콩을 위해
준비해놓은 담장 위 철사줄에
은방울이 조롱조롱 맺혀
뚝뚝 다이빙 한다
일찍 지 않는 장마전선이
북상해 내 마음도 구름이다
갈 곳을 몰라도 가야 하는 빗방울처럼
간이역에서 갈 길을 찾는
서글픈 인생 오후
물방울이 어느 골짜기를 더듬어도
강으로 흘러 바다로 가듯
나와 너
물처럼 빗어 내리고
언덕을 돌고 폭포를 만지며
웅덩이를 만들면서
빗물 나그네로 간다네
만만치 않는 시행착오도
때론 행복의 동그라미로
손 수첩을 장식하면서
기적이 멀리서 들리는 것 보니
기차가 오나 보다

새날입니다

신축년 새해 첫날
안개 새벽을 열고 태양이 오르면
반가와라 그 빛을 안으며
어제 본 태양이 또 보고 싶은 것은
구분 짓고 의미를 부여했기 때문이라
새날이라고 부르고 신년이라 이름 지었다
어제와 달리 더 좋은 일이 생기리라는
기대와 바람이 이리도 가슴 뛰게 하는지
연하장에 올라앉은 좋은 글귀들은
눈으로 먹는 비타민이다
고장 난 전진기어로 후진되었던 그날
가슴 아파도 마음대로 울지도 못했지
신년 새해 새로운 시작
힘들고 괴롭고 슬픈 일들 뒤안길에 묻고
풍선처럼 희망을 부풀리며
힘 다하는 최선으로
가는 길 인도하실 그분과 함께 가자

구월은 가고

안개 헤치고
바람 들녘 지나
달려왔습니다

구월의 막다른 길
피어오르는 국화 향
아직도 다 피우기 전에
아쉬운 세월의 한 자락을
접어야 함이 서럽습니다
어쩜
시월이 더욱 화려하고
진귀한 사랑으로
나를 반겨 줄는지도 모릅니다
산과 들
월남치마처럼 매혹의 치장하고
누런 오곡의 입맛으로
허기진 배 채워 계절의 보화로
빼곡히 얻어 들여도
시월 얻은 기쁨보다
구월 잃은 슬픔에
마음이 시립니다

세월의 옹이

세월을 배부르게 포식하고
시간을 간식으로 즐기는 동안
일력을 세는데 시간을 소비했다
불어오는 바람을 거역할 수 없듯
숙녕저럼 닿는 현실의 마루에서
폭풍에 밀려 방향을 잃는 일 많았다
죽고 또 사는 일에 어설픈 부재
가지를 키우다 잘리고 부러져
하나 둘 늘어나는 옹이들
가지를 키우기 위한 몸부림
생존을 위한 빛 향한 열전이
내가 어루만지고 쓰다듬는
세월의 계급장 되었네, 세월의 옹이

첫눈 오는 날

와, 눈이다
외치는 날은 첫눈 오는 날이다
하늘에서 내리는 풍요로움을
느낌표에 차곡차곡 담아
아무도 찾지 않은 눈길을 간다
꼬리 말아 올린 강아지가 앞장서고
세월을 많이도 역주행하는
유년의 학동이 동분서주 뒤따르며
첫눈을 가슴 책에 꽂는다
기다리던 12월의 첫눈
성탄이 생각나는 첫눈
반가움, 그리움, 사랑, 환희
첫눈 속에 많은 분이 왔다가 간다

차(茶)와 함께

12월의 대기권이
화롯불 하나 피워 논
초가 옛집 같이 포근하다
서민들의 지갑을 생각하면
유리한 삶이라고 했다
살림살이 좀 나아지셨냐고
묻는 말에 고개를 설레설레
답해야 하는 아직 길고 먼 이야기다
찬바람이 귀를 도려내는
엄동설한이 장승처럼 버티고
마지막 남은 잎새를
공략하는 바람이 근육을 키운다
냉기를 몰아낼 방편이라고
주전자에 한가득 열을 올려
구수한 보리차나 끓여 볼까
하루가 쉽게 서산에 걸리는 걸 보겠지

대림절의 기도

별빛이 내린다
창공에 매단 별빛이
차가운 입김에 호호 손을 녹이는
외로운 길손의 잔등 위로

밥 한 그릇의 힘으로
내일을 열어가야 하는
코로나19의 가파르고 메마른 언덕길
미끄러지지 않으려 안간힘에 지쳐
망부석 눈망울처럼 눈동자가 고정되었다

살아야 한다는 일념의 깃발을
어디에다 꽂아 펄럭이게 할까
지치고 고달파서 너무나 긴 터널
오늘은 가파른 담벼락의
용을 쓰는 담쟁이가 되었다

어둠을 뚫고 나타난 작은 별빛
예배당에서 은은히 퍼지는 성탄 송
우리는 모두 누군가를 기다린다
고개를 들고 눈을 뜨고 일어나는
나, 너, 우리들

청보리밭에서

봄빛이 웅크리고 앉은 자리에
녹색 바다가 훈풍을 안고
파도로 일어선다
풍겨오는 보리냄새 그 평원에 서서
바람을 가슴에 안으면
하늘을 나는 종달새가 된다
동서남북 종횡무진 소년이 된다

바람의 손을 잡고 보리밭에 서면
생사의 기로에서 가슴을 부대끼며
엄동설한 동고동락한 생명들이 대견하다

구불구불 기어가는 황톳길 가며
바람 냄새 땅 냄새 익숙한 향기
구수한 보리냄새 추억의 향기
담아가자, 채워가자, 취해서가자

소설(小雪) 즈음

이십사절기 중
스물한 번째 절기 소설이 옵니다
봄처럼 느껴졌던지 철쭉이 꽃을 피우고
겉옷을 팔에 걸치고 운동 길에 나섰던
나의 작은 봄도 단비 그치고 나더니
길을 재촉하는 모양입니다
으스스 찬바람이 옷깃을 들썩이고
수은주가 아래로 미끄러집니다
처마 끝에 시래기를 매달고
무 갈무리도 신경 쓰이는 겨울 초입
이때쯤이면 첫눈도 오겠지요
겨울을 준비하는 시즌
보내고 맞는 교착점
동심을 달고 달리는 오늘과 내일

만추

가을의
뒤통수를 만지고 있노라면
분주 복잡 미묘하다
꼬집어 부러지게 말할 순 없어도
아쉬움과 쓸쓸한 감정이입으로
조바심과 아울러 마음이 바빠진다

샛노란 은행잎이 눈길을 끈다
참 곱다 참 예쁘다
떨어져도 그렇게 예쁠 수가 없다
나무들이 나목이 되어가는 것 보니
가을의 깊이를 가늠할 수 있겠다

잃은 것에 대하여 마음이 아파올 때
이럴 때는 명약이 뭘까
가을을 잡지 말자
물 흐르듯 흐르게 하자
그리고 오는 계절을 영접하자

단풍잎이
출구 없는 소용돌이 속에 갇혀
이별의 꿈을 꾸고 있다

발통 수리

오래된 자동차 한 대 있습니다
자율주행처럼 지시에 따라
거절 없이 가자하면 가는 차
오래 쓰다 보니 성능과 속력을
자랑할 것 못 되지만
얼마 전 3관문도 올라갔다 온
아직은 좀 쓸 만합니다
지시에 잘 따르는 희생형입니다
괴롭다 힘들다 없고
고장 났다 아프다 말 안 합니다
어제 수리점에 갔습니다
발통 바닥이 갈라지려 한다는
피부과 선생님의 말씀
유리아를 바른 후 터미졸을 발라주시오
아침저녁으로 발라주시오
약을 발라 발을 쓰다듬고 있어요
숨겨지고 낮은 자리 미안하다 뇌이며

야생화처럼

길 가는
행인에게 밟혀도
고무줄 같이 생명을 이어가는
애달픈 목숨의 야생화 앞에
발길을 멈춘다

천하게 버려져도
포기하지 않고 기다리는
낮은 곳에서 피는 애잔함이
내 마음을 사로잡는다

꽃병에 담겨 피지 못해도
보아주고 알아주지 않아도
언덕 넘지 못한 향기로
찾는 벌 나비 적어도
피어오르는 작은 봉우리여

너의 모진 몸부림이
너의 끈질긴 손짓이
가는 걸음 멈추게 하고
뒤돌아보게 한다

너는 칠전팔기 가(家)
골드 상표로구나
대지를 정복해 가는
햇살 업은 야생화여

내 사랑 금오산아

2월은 금오산이 알몸을 보인다
불퉁불퉁 근육질 미남자
구미의 동트는 미래를 스케치해
처마 끝에 아스라이 걸어 놓은 산
산에 올라 고복에 등을 부딪치며
상고대 너머 봄을 기다리는 설렘

대혜폭포에 세상시름 내려놓고
뽀드득 거리는 눈을 밟으며
미지의 새 지평을 열어
두려움을 헤쳐 가는 산객이다
불도저 같은 힘은 아닐지라도
태양이 등에서 토닥이며 밀어주는
응원을 입고 할딱고개를 오르니
이마 마지노선에는
땀방울이 송알송알 내민다

신발 끈을 당겨 매면 언제나
정상에 설 수 있다는 자신감은
산자가 누릴 수 있는 영광 아니랴
금오산 젖줄을 먹고 자란 우리는
달콤한 그 맛을 못 잊어
현월봉 꿈을 날로 못 버린다

－2018년 예스구미(소식지) 문화의창에 실린 시

성탄 그날 밤

춥다
많이 추우면 성탄이 온다
호호 손을 불며
톱밥난로가 타오르는 밤
무대 위에 수연이 되고 싶었던
아련한 추억너머로
종종걸음을 해 본다
흰 눈 사뿐히 덮고 나면
오시는 걸음 12월의 강림
자박자박 오시는 걸음을 기다린다
기다리는 자 위해 오시는
그리움, 기다림, 기쁨, 사랑
버선발로 맞이하는 12월
그래서 행복한 시간
저녁마다 연습의 불을 지폈던
축하의 본 막이 오를 때면
창문 밖에서 고개를 들이민
관중에게 박수를 받았던
잔잔한 추억으로
오늘 그 여행을 한다

우리 우리 설날

하루 이틀 손가락 꼽아
기다리던 설이 있었다
시름의 고달프던 기억
하루하루가 연줄처럼 길어
마음이 숯덩이가 되고
시간들이 냇물처럼 유유히 흘러
강을 이룬다

쌀 한 되 튀밥 틔워
아궁이 조청 꼬아
만들고 굽고 삶는 배부름에
그날을 철없이 기다렸지만
어른들의 명절 걱정은
하늘을 찔렀을 것이다
이때가 되면 세월의 변방에서
추억의 낚시를 드리곤 한다

살아내느라

모진 눈보라 위 불 꺼진 등대
회색빛 바다 풍랑도 있었다

아침 기다리는 파수꾼들
여로의 통증이 깊이 패여
긴 호리병 지그미힌 구멍으로
가슴 떨리는 희망을 본다
갈대숲 머무는 바람의 수군거림
그 말을 알아들을 수 없다
사는 게 다 그렇듯
부러지지 말고 꺾이지 말고

유연하게 살아가자고
등을 쓸어주며 토닥이는 것 아닐까

12월의 갈대

강섶에
12월의 갈대가
웅성거리고 서 있다

어제는 은빛 날개를
공작마냥 펼치고
햇살과 입맞춤하더니

잿빛구름에 겁먹은
얼굴에 수심이 깊은 것은
탱크마냥 짓밟고 지나가는
바람의 소문을 언제 들었느냐

강풍이 빗질하는 강섶
어느새 나도
그 속에 갈대가 되었다

3부

이 또한 지나가리라

산이랑 바다랑

여름을 만나는 바다는 젊다
파도가 성장하여
우루루 몰려들어
내 키를 넘을 것 같다

육지에 솟은 산
여름을 태우는 나뭇잎
오솔길 냄새가 달다

산과 바다는 하나의 꿈
같은 듯 다른
다른 듯 같은 그리움을
서로 응원하는 모습이 이채롭다

급행열차

세월은
간이역을 통과하는 급행열차 같다
쌩 하고 한 줌의 바람을 흩뿌리면
눈에서는 없고 여운만 가물거리니
어제는 옛날이 되고 바쁘게 다가온
오늘이 낯설어 주춤거리다 보니
시간이 소용돌이 속으로 빨려든다
잃었다 시간도둑이 왔다
강둑에는 벌써 서리를 맞은 녀석이 있다
나의 자화상인 듯 한 번 더 보니
나보다 세월의 포탄을 더 맞은 듯 하다
강에서 아래로 흐르는 유연함을
날마다 읊고 습득해서인지
생명만은 고래힘줄보다 질기다
세월은 강에 머물고 지고 있었다

벽화

구겨진 생각을 끄집어 내
덜덜 떨리는 붓 끝에 올려놓고
땀 흘리는 씨름에 불씨 올린다
깃발에 바람을 불어 넣어
펄럭이게 해야 하는 인내

방심하면 무릎을 꿇게 되는
어설픈 성적표 올 것 같아
처음으로 잡는 붓대에
물감을 만나 부풀리는 꿈
벽은 까칠한 몸을 쉽게 허락 않고
자동차 자갈밭 만난 듯하다

시간을 차곡차곡 지출하며
얻어낸 성취감 너머로
파란 하늘 배경으로 풍선 타고
강 건너 들판 지나 달려 보고픈 꿈

긴 터널

개미구멍만큼의 빛도 새지 않아
어쩜 이리도 캄캄할까
더듬이도 없는 삶처럼
퍽이나 긴장 너머로
살얼음이 깨지듯 닮은
자영업자의 기침소리

긴 완행열차 고삐처럼 들어가도
나올 줄을 모르는 동굴
그래도 시작이 있다면
끝이 있다는 말씀에
한 가닥 거미줄 같은
작은 희망의 끈을 버리지는 않았지만
줄 끊어지기 직전의 위험이
코를 막는 절박한 숨쉬기다

안개사슬

안개로 시야가 흐린 날이
가끔씩 열리는 것을 본다
안경의 문제가 아니고
수은주가 서늘해져 가면
물방울이 옹결되어
습도가 과포화 되고
찬 공기가 지면 위를
점령군처럼 이동할 때 있다
망막을 두르고 있는 두께만큼
가리어지고 흐려져서
사물의 식별이 감감하다
희미하고 캄캄한 현실이
오늘의 문제만이 아니고
내일의 안개로 다가올 때
안개의 사슬에 묶이게 된다
햇볕을 기다린다 뜨거운 기운이
역동할 때를 기다린다
그때 묶였던 줄이 서서히 풀리리

가슴 뛰는 하루

오늘,
가슴 뛰는 하루였는가
언제부터인가 그런 날을
며칠을 허기진 맹수처럼
쩝쩝 헛소리를 낸다
가지런한 손 가슴에 대고
심장의 고동을 들어보아도
그럴만한 이유 없다
살갗을 파고드는 맥박이
숨을 자리를 물색하는
메마른 울림이 처연하다
낮게 드리운 먹구름이
새벽을 불러오기에는
아직은 거꾸로 곤두섰다
아침마다 뉴스를 뒤적이며
가슴 뛰게 할 기사를 찾아도
이번에도 그냥 보내야 하는
그래서 다음 열차를 기다려 보는네
또 얼마를 기다려야 할까
이제는 곧 와야 할 텐데

O형의 아낙같이

여름 너머에는 손닿을 듯 가을이 산다
냄새가 담을 넘어온 지가 꽤나 되고
바람의 칼라가 O형의 아낙같이
뒤뚱대는데 익숙해져 있다

며칠째 찌그러진 얼굴로
먹구름이 하늘을 가린 채이지만
내가 응원하는 쪽의 승리가
내일 아니면 모레일 것이 분명하다

지루하다 여길 사이도 없이
내가 탄 마차는 여름과 가을 사이로
눈썹을 날리며 질주하게 되니
절로 감미로운 감탄사가 입가에 머문다

사철이 황금이라면 가을은 보석이리
사각사각 이슬 섞은 보석을 밟으며
가을향기 묻은 아침 뜰을 행보하며
덕지덕지 오염된 마음을 행군다

셔터를 누른다

시월의 들판이 횅하다
추수를 거둬들인 빈 들판은
남은 열기를 당기며 건조되어 가는
마른 짚들만 남아 푸석거리고 있다
나뭇잎 한 잎 두 잎 떨어져 구르는
강 언덕에 갈 길 잃은 벼메뚜기
사뭇 행선지를 정하지 못한 것 같은
애잔한 눈총을 쏜다
가을은 어느 계절보다 빠르다
언제 후딱 지나갔는지 흔적도
미묘한 채 꼬리를 감춘다
그래도 가을꽃 국화가 남아 있어
시월을 전송해 주니 다행이다
눈 안에 담고 조리개를 굴리며
더 깊이 가슴까지 담기 위해
셔터를 누른다 찰칵

단풍열차

설악에서 출발한 단풍열차
밤낮없이 산등성이에서 마을로
연료를 태우며 철거덕 거리고
이산 저산 세월 앞에 야위어지는
봄과 여름을 슬기던 푸르던 잎
애기 잎으로 태어나
푸른 정기를 뽐내던 한 시절
태풍에 맞서서 울음 섞인 함성을
겨루며 깃발처럼 펄럭였는데
세월이 가져다 준 차가운 아픔
곱게 물들어 가는 단풍을 덮어 쓴 정거장
늦가을로 떠나려는 칙칙거리는
숨찬 열차 여운을 남기며 또 간다

이별 연습

벤치가 쓸쓸하다
바람이 돌아간 자리에
벌써 가을이 깊어가고 있어
친근한 가을 냄새도
이제 서먹하지 않다
보내고 싶지 않지만
떠나고 또 떠날 것들만 남아서
마음까지 심란하고 멍하다
만남 후에 이별이 다 있건만
이별연습이 제대로 되지 않아
익숙지 못한 통증이
바다 해일같이 밀려오면
자근자근 가을을 씹으며
깊은 상념에 들곤 한다
그래서 가을이
슬픈 것이라고 했는가

숲길 예찬

나무가 울창한 숲길에
어깨동무로 살아가는 식물들은
어쩜 그렇게도 정다울까
서로 하늘을 차지하면서도
너 한 발 나 한 발
욕심내지 않고 배려하고 있다

침엽수 활엽수 열매수와 풀꽃들이
이름 모를 산새들과 각종 곤충들이
함께 공존하는 하모니가 어울려 하트다

도시를 내려다보았다
그 숲에서 세상을 보노라니
세상이 더러운 오염으로 가득 차
회색구름이 드리워서
미간에 주름이 생긴다

단정하고 올곧게 자라는
소나무에 기대어 선비의 냄새를 맡는다
그 품에 안긴 편안함에 떠나기 아쉬워
스승이듯 맨토이듯 포근하다

천둥 몇 개

가을이 오는 길은 오솔길이 아니다
강풍이 앞장서고
먹구름이 어깨를 치켜세우는
험난한 긴장과 두려움 속에 있다

열대 저기압이 누르고 지나면
이삭도 조기에 철이 들고
강풍과 천둥 몇 개를 얻어맞은
열매는 가을 옷을 입는다

태풍 몇 개씩 품지 않은
가을이 어디 있다더냐
태풍을 타고 나의 곁으로 와서
손 내밀어 주는 가을
반가운 얼굴 나의 가을아

과일 한 바구니

가을의 나무가 소담스럽다
제 열매를 달고 있는 나무
빨간 사과의 유혹
노란 밀감의 자태
누렇게 살 오른 삼
속이 차오른 알밤
산야의 과일 한 알

그저 된 일이 아니다
누가 그런 향과 맛을 냈을까
섬세한 손길
하늘이 한 일이다
과일 한 바구니면 절로 웃음이
그래서 가을은 행복하나 보다

이화령에 올라

복숭아 꽃 만발하면
생각나는 이화령
팔뚝의 근육처럼 산맥이 굵어
자동차도 사람도 땀을
적시며 오르는 마루

산마루에 서서 숨을 고르면
등성이 휘파람 소리가
끊어졌다 이어지고
생각이 옹달샘처럼 깊어
얼른 내려가지 못한다

새털 같은 하루를 세며
하얀 도화지에 낙서하는
유아기 못된 버릇이 덧난다

석류가 익는 날

태양이 넉넉한 날은
석류가 익어가는 날이다
가을 냄새 속에 가슴도 달아
농익은 냄새가 난다

석류의 가슴을 열어
들어다 본 세상
빨간 자태 타는 방들
너의 비밀이 공개되는 아픔

시큼 달콤한 맛
어디쯤 왔는가를
가늠하게 하는 미터기
형용 못할 계절로 꿈속 길로
초대 받은 여행자의 하루

찐빵

추석 하루 전날
문경을 지나다 보니 장날이기도
대목장이기도 했다
김 오르는 찐빵트럭이
장꾼들을 부르듯
너도 나도 지갑을 연다

줄을 서니
희미하게 떠오르는 추억 하나
그 옛날 초등학교 앞 찐빵집
십 원에 다섯 개
오 원에 세 개 주던 그 집
오 원도 귀해서 한 번 가본 그 집

이 또한 지나가리라

살아가는 현실의 벽이 높고
길이 막혀 터널 입구에서
머뭇거리는 너에게 주고 싶은 말
이 또한 지나가리라

중대한 수술을 앞두고
침대에 누워 가슴 조이며
시간을 재는 사람이여
걱정 마라
이 또한 지나가리라

염려와 근심의 구름 몰려와
내일의 여망이 어두워
고개를 떨친 자에게 주고픈 말
작은 담쟁이도 꿈을 키운다
낮추고 웅크려 잡은 잔등을
손 놓지 말고 기어서 힘껏 오르면
음지가 양지되고 바닥이 정상되어
돛을 올리며 양팔에 바람 안아
목젖 보이게 웃는 날 온다
울지 마라, 이 또한 지나가리라

달랑 두 장

달력이 두 장 남았다
한 장 두 장 떼어내다 보니
세월의 흔적이 여기까지다

붙들 수 없는 기관차가
참 부산히도 간이역을
획획 무정차로 지나간다

낙엽도 세월의 무게에는
별수 없는가 보다
너도 너도 앞다투어
떠나기에 바쁜 짐을 싼다

늦가을 꽃 물든 풀잎 사이로
가을바람이 나부낀다

국화 옆에서

가을바람이
옷깃을 여미게 하는
전형적 계절

봉우리를 터뜨려
배시시 웃는 너의 얼굴에
태양빛이 탄다

봄부터 가을까지
몸매를 다듬어 얼굴 가꾸더니
세련미 다소곳이
한 인물로 차려입었다

네가 있어 찬란한 마당
국화 옆에서 향기를 음미한다

꽃 이름 부르다

풀잎마다 꽃잎마다
가을이 내려앉아
타는 소리가 곱다

국화며 코스모스 쑥부쟁이 물봉선
해바라기 개상사화 금계 꽃 무릇
가을에 나를 기쁘게 하려고
찾아온 꽃들이 고맙다

바쁜 시간의
톱니바퀴 속에도 놓치지 말고
인적이 드문 곳에 핀 야생화부터
시간을 내서라도 예를 갖춰
눈 맞춤 해야겠다

누군가에게 꽃이 되고픈
부름으로 내 앞에 왔으니까

달 그리고 추석

달이 찼다
한가위 대보름은 밝기도 하다
마음과 정이 오가고
소식이 궁금했던 지인들의
인사가 줄줄 이어지는 추석

만나면 반갑고 헤어지면
아쉬운 우리의 명절이
옛날의 추억을 새기게 한다

가난했던 시절이라도
그날만큼은 넉넉하였던
추억 속 그리움으로 처마에 달려
주마등 되어 희미하게 껌뻑껌뻑

기도

기도는 하늘로
사닥다리를 세우는 것
가난한 마음으로
문고리를 잡는 것

당기면 열리는
문을 얻었으니
가난해도 좋다

새벽 아침
문을 얻었으니
달팽이 걸음으로
너에게 간다

간절함으로 태우는
내 기도 속에
네가 녹아있다

능소화

담장 따라 바람벽이라도
더위를 올라타고야
피어내는 주황의 물결이
가파른 벽을 높이 올라
함성을 올리는 오후

능소화 고운 이름표를 달고
내 방문 앞에 오고 싶을까
내가 그대를 기다리는 만큼이나

은행잎 지는 길가

차창에 내려앉은 은행잎은
소녀의 머리에 꽂은 작은 삔
입동 찬바람 앞에 은행나무도
무사 대책 없었다
일 년 준비한 화려한 차림새
깜짝쇼를 펼치는 마당
자연색으로 온통 눈부셨다
노오란 은행잎에 볼 문지르는
바람의 능청과 함께
길 위를 노랗게 수놓았다
쓸어 지우기 아깝고
밟아 없어져서 안 될 멋진 수채화에
마음 담그는 어느 목요일

전송

가을이 짙게 물든 오후
한낮이 물 흐르듯 고요하다
세월은 유성처럼 번쩍이며 빨라
십일월이 되었다는 게 믿기지 않는데
가을은 열심히 손을 흔들고 있다

십일월은 가을 겨울이 한 집에 동거한다
밤 기온 차가워 옷깃을 세우는데
수비가 허술한지
송곳마냥 살갗 파고드는 기운
또 옷가지 하나를 끼워 입게 한다

몇 개 남은 나뭇잎이 애처롭다
준비는 마친 듯한데
마치 바람의 간을 보는 듯
지나는 된바람에는 겁먹고
눈이 휘둥그레졌다

감나무

백 살도 더 된 듯
발부터 목까지
시멘트 기브스 시술 받고
길목을 지키고 있네

참 많이 늙어 튼실한 쇠 지팡이로
지탱하고 서 있는
고고한 감나무를 한참을 봤다
사랑을 많이 받은 흔적도

올라갈 때 못 봤는데
내려올 때 보인다더니
잎도 없는 맨몸 둥치 새순에
조롱조롱 익은 감 열매
세월 앞에 큰소리 칠 수 없는
가냘픈 생명에 박수 보내며

들녘

논두렁 사잇길을 걷노라면
누렇게 익어가는
가을 서정이 뚜벅 뚜벅 걸어온다
물감을 쏟아놓은 들녘
웃음이 자라는 논실에
행복이 오롯이 핀다
갈수록 황금빛을 진하게 반사하는
들녘을 마주하는 기쁨이
가슴의 행간에 앉는다
땀 흘린 농부의 구릿빛 얼굴에
파안대소를 안겨주는 풍성한 결실
매일 감상해도 또 마음이 걷는
그래서 동심까지 불러오는
어릴 적 고향 같은 들녘
햇볕과 바람이 손잡고 조우하는
벙어리도 말을 털 계절에
눈조리개를 깜박이며 부지런히
가슴 빈 메모리에 저장해 놔야지

등대

한 세대
얼마나 외로웠을까
바람이 거칠거나
파도가 우는 날도
어두움을 내몰아 지켜온 그 자리

가난한 희생 심지 키우며
지켜낸 그 길
자신을 녹여 자식에게
다 주시고도 애태우시는
어머니의 가련한 불빛

빈 바구니의 슬픔

가을이 올 때마다 기도했었네
가을이 올 때마다 다짐했었네
빈 바구니를 보이지 않게 해달라고

열매 없는 가을나무 보면서
병들어 떨어진 못된 열매 보면서
쓸쓸한 가슴 쓸어내렸네

바구니의 슬픔을 알았네
소리 나는 빈 바구니
채우지 못해 뚝뚝 떨어지는 아픔을
목구멍에 꾸역꾸역 넘기고 있었네

갈잎의 노래

갈잎의 노래를 듣는가
바스락 거리며 떨어져
바람 따라 뒹구는 얼굴에
애잔한 가을이 담겼다

소리 없이 오는 빗방울
마음까지 젖어오는데
가을이 슬픈 이유가
여기에 있었음을 안다

너와 내가 멈춰선 갈림길
숙명의 틈바구니에서
잡지 말라고 가야 한다고 하는
이유가 분명하다는 것을
이제야 듣는다

4부

자화상

아침 태양이 그리웁다

마음이 축축이 젖은 지금
오늘도 흐리고 비 온 날
소잔등 같은 자그만 언덕 너머
한 줄기 태양 빛도 걸음마 하지 못했다
구름 속에 태양을 나직한 목소리로
찾아보아도 오늘도 결석이다

결석 날은 빗금을 긋고
하루 저물고 하루 맞기를 계속
실망감이 숙성되어 피어오르고
조바심에 가슴 졸이는 매일들
여름 한철을 압수당했다
자분자분 따라온 희망이 하르르 지고
태풍이란 이름 앞에 망부석이 된 지금
입을 다문 채 영화 관람객처럼
긴장의 끈을 풀어놓으며
잘 갔다 다행이다
내일은 태양이 가마 타고 오리라
천둥 속에서도 구름 속에서도 너를 본다

열매

씨 뿌리고 땀으로 가꾼 자들이
열매를 구하는 가을이 옵니다
눈물을 흘리며 씨를 뿌린 자는
기쁨으로 그 단을 가지고 돌아온다는 진리
의심 없이 믿는 자에게 주시는 선물입니다
모든 것에는 기회와 때가 있습니다
코로나가 여전한 땅 위에
긴 장마가 찾아와 시험하고
믿음을 뿌리 채 흔들고 있습니다
곤고에도 남은 열매가 회복되어
논밭이 열매들로 채워지고 익어갑니다
성령의 열매 섬김과 기도의 열매
풍성한 가을이 되도록 가꾸어 봅시다
얼마 남지 않은 그날을 위하여

여름날의 서정

처음으로 빛을 보는 반가움으로
너를 맞는 오늘이 즐거운 것은
기다림이 길었다는 증표일 거다

매일 반복뇌는 질척거림이
어디까지인가 손가락 세어 봤다
잿빛하늘에 무지개를 그려 보았다
앉아 달리기를 바쁘게 하다 보니
여름은 실종되고 말복이 문 앞이다

더위가 길지 않을 시간
잡초 속에 야생화가
어쩜 눈모양이 초승달 같다
꽃술이 반짝반짝 샛별 같다
자세히 들여다보면 너나 나나
사랑에 빠지기는 매 한가지

묵묵부답

간밤에 소나기는 천둥과 함께 왔다
빼꼼이 창문을 열어 보니
누구의 머리라도 부서뜨릴 기운으로
마당 가득 아우성치며 길을 찾는 군중이다

사전 진동과 경보음으로
행보를 숙지하고 있어
생소한 경험은 아닐지라도
곤한 잠이 달아나는 다림줄이다

황톳물이 모여 흐르는 영강
깊은 물이 되어 입을 다문 채
어디서 왔는지 물어보아도
묵묵부답 굵직하고 느린 행보다

그 시절에

어제는 맑더니
오늘은 흐리고 비가 온다
비 오고 홍수가 나고
바람 불고 천둥이 소리를 내는 것이
손에 서먹한 듯 다가온다

이순(耳順)을 너머 종심(從心)을 향하며
삶의 사계절을 곱씹어 밟습니다
하늘 향해 팔 벌린 푸른 나무의
기백이 깃발처럼 펄럭일 때
물불이 두렵지 않던 시절을 떠올린다

여름을 가슴으로 사랑하고
한땀 한땀 소중한 뜨개질을 하면서
또 가을을 또 겨울에도 손 내밀어
열화 같은 환영으로 맞아들이면
작금의 펼쳐지는 순간들이
금싸라기 같이 소중할 테니까

칠월의 풍경

푸른 것들이 힘을 낸다
장마에 뿌리마다
수분을 가득 담아 저장하고
주섬주섬 칠월을 걷는다

마당에도
채송화며 백리향이며
분꽃이며 나 혼자 부르는 이름
꼬마 장미도 어울려
화단이 제법 어깨동무를 하고

조물주의 지휘 아래
부르는 합창은 하모니를 이루어
뚝뚝 푸른 물감이 떨어질 것 같은
탱탱한 칠월을 활보한다

달달한 오후

물을 끓여
차 한 잔 만들어
차향을 흡입하며
혀끝에 머무는
달달함을 받아늘이는 여름 오후

계절답지 않게
피부에 제법 선뜻한 기운이
따끈함을 끌어당기는
촉매제로 작용했을까

피로가 잘 풀리는 매듭처럼
또렷해지는 생기
오르는 깃발처럼
하루 종일 펄럭이었으면

나무를 향한 응원

유월이 되니 폭염이 쏟아진다
태양의 강도가 예사롭지 않다
나무의 가슴으로 파고들어
불볕더위를 달래 쉼을 구한다

나무를 올려다봤다
잎의 화상을 걱정했더니
괜한 염려
짜면 푸른 물이
뚝뚝 떨어질 것 같은
싱싱함

땅속의 물을 얼마나 올려야
잎을 지탱할까
박수하고 싶은 마음
고마운 마음
가련한 마음이
오뚝이처럼 일어난다

금계국

금계국 피는 오월이 좋다
바람 물결 따라
살랑대는 모습이
미소를 머금고
손 흔들어주는 환영인파 같고

줄 장미는 이웃집이 그리도 궁금한지
담 너머 연신 얼굴을 들이밀고
귓속말 이야기를 나눈다

코로나로 반쪽이 된 오월
살아도 산 것이 아닌 지난 날
오월의 기차는
정거장도 없이 뒤돌아보지 않고
바람을 날리며 꼬리를 감춘다

파문

장터에 나가보니
다양한 사람들이 붐빈다
팔아야 하는 아저씨
세월을 낚는 할머니
장터의 진풍경이
해학을 곁들인 병풍 같아서
희로애락의 진면목을
생 얼굴로 볼 수 있어
구경꾼도 등장한다

서로 다른 모습을 한
인생의 친구들이
숨 쉬며 살아간다는 것
야누스의 얼굴 같다
황홀한 가슴을 디디고
총총 걸음을 걸어
오늘을 산다는 것이 복되고
감사할 일이 아니던가
작은 행복을 발견한 순간
가슴에 파문이 인다

불효자의 눈물

숙연해지는 아침이다
어버이를 생각하는 날
못 다한 그리움과 아쉬움이
교차하는 날이라서 그렇고
떠나버린 시간이기에
돌릴 수 없어 더욱 애틋하다
수많은 시간들이
주마등처럼 머리를 스치고
가슴이 찡하는 순간들이
열차처럼 달려와 철거덕 철거덕
산모퉁이를 돌아간다
왜 한 번의 기회밖에 없을까
씻을 수 없는 아픔을 지니고
살아야 하는 것은 고통이다
기르신 아버지를 부끄럽게
생각하고 원망했고
낳으신 어머니를 무시하고
고분고분 순종 못했다

갈수록 선명해지는 가슴 통증
어려울 때 힘들 때 생각나는
아버지 어머니
두 줄 눈물로 잘못을 비옵니다
아버지 어머니 용서하옵소서

아카시아 향

당신의 이름 아카시아
오늘 그 향기에 취했습니다
없는 듯 있는 듯 낚시 미끼 같은
달콤함에 포로 되어 며칠이
제 정신이 아니었습니다
중독성이 강한 미소가 큐피트처럼
미간을 쓱쓱 스치고
비강에 흘러들어
살점에 뿌리를 내리는 듯 합니다

가시를 달고 산다는 이유로
미움 받은 세월이 수백 수천을
헤아릴 텐데도 감내하고 숨어서 산 오늘
그대 의지가 굳고 곧아
오늘 같이 당당히 불을 밝히고
피곤에 지친 마을에 원기를
뿜어주는 그 이름이 아름다워
고요히 불러봅니다
아카시아 향, 오월 아카시아 향

라일락을 보며

날개가 없어도
불어오는 바람에 실려
어디까지 가고 싶은 라일락 향기
가슴을 풀어 손님을 맞는다

호객행위 없이 입 다물고 있어도
지나가는 길손이 발길을 멈추고
향기 근원을 따라와 긴 호흡을 한다
내 눈과 마음을 한순간 빼앗겼다

아낌없이 누구에게나 주는 나무
이름까지 잔잔하게 곱다

일 년에 한번 온 마당을 흔들어놓는
그 향기를 가두어
두고두고 같이 할 수는 없을까

질긴 그물

더욱 선명해진 여름
새벽마당
지난밤 몰래 갖다놓은
그물에 갇혀 포로가 되었다
미약한 거미의 짓이라고
의심이 가지만
밧줄처럼 견고하여 끊을 수 없고
후퇴가 답이라는 것을
인지하는데 주저하지 않았다
내 길은 막아서 무엇을 얻으려고 했는지
가지 말아야 할 길이라 막았는지를
한참을 고민하게 하는 내 손에는
끈적이며 나풀대는 거미줄 한 가닥이
물증으로 남아 나를 지도하고 있었다

여름 추억

내 어릴 적 놀던 고향 마당
구불구불 신작로 초가 우리 집
지붕에 박꽃과 해님이 웃는
그 시절이 문득문득 떠오릅니다

흙담이 둘러있는 정든 사립문
쟁기로 밭고랑 이어 세운 원두막
여름이 즐거웠던 개구리참외
가난해도 그 시절이 좋았습니다

믿음으로 쓰는 편지

주님이 보내신 이 땅에서
저희들 잘 살고 있습니다
나라 가운데 에덴 같은
이 땅은 노른자 같은 곳이요
제2의 가나안이라 부를 만큼
주님의 심장 같은 곳이었지요
"내가 너를 사랑한다"라고
나를 찾으시는 사랑의 부름 앞에
순종으로 고백하고 싶었으나
염소마냥 좌우충돌 고집으로
그 사랑에 보답하지 못하고
고삐만 팽팽하게 당겼습니다
이제는 주님께 두 손 들고 나가
그 무릎 앞에 마음 뉘이고
열매 없는 가을나무 되지 않도록
더 감사하겠습니다
더 기도하겠습니다
이때 이곳으로 보내신 크신 은혜
생각하면서 더 다듬겠습니다

유월의 손님

유월의 신록이 하늘로 솟구치는
옷매무새가 참 영롱하다
화려한 옷차림은 누군가를
서성이며 기다림이었을 것
담쟁이가 가파른 오름 타고
구불구불 기어가는 아침 녘
추적추적 제일 먼저
뒤꿈치 들고 마당을 밟는 소리는
반가운 손님이었어
백두대간을 넘어 찾아온 손님
마당을 적시는 약비

카네이션 한 송이

싱그러운 오월이 열리면
해마다 카네이션을 사기 위해
꽃집을 찾던 기억이
주마등처럼 오버랩 된다

카네이션 한 송이 가슴에 안으면
세상을 다 얻은 것처럼
기뻐 웃음을 지으시고
목련처럼 수수한 무늬로 살던 어머니

아련한 그리움 불효의 아쉬움이
가슴을 찡하게 합니다
해마다 오월이 오면
나도 모르게 피는 아련함 곁에
미안함의 꽃 한 송이 놓고 갑니다

안겨보라

초록의 세상이 열리고
태양을 받쳐 올리는
잠깨지 아니한 땅 그곳을 찾아왔다

어디에 쉴만한 자리 있을까
바위를 빗질하여 내리는 물에
발을 담구니 마음이 맑다

푸른 산 등 어리에 업혀
어머니 사랑 맛보기 좋은
초입여름이다

문경새재는 맛을 아는
사람들을 받아 안는 쉼의 언덕
추억의 구슬 엮어 목에 걸면
행복은 두 배로 찾아오는 곳이다

덩굴장미

그림 같은 풍경인가
풍경 같은 그림인가
수줍다고 얼굴 숨긴 꽃망울
마구 폭소를 터트린다

조석으로 꽃잎 틈 사이로
부는 바람에 말갛게 세수하고
보일 듯 안보일 듯
물안개가 차일 치는
축제의 파노라마가 흐르는데

한 발 두 발 울타리로 다가가
장미 한 송이를 잡는 순간
시샘을 하는 녀석
가시가 몸으로 말하며 멋쩍어한다
꽃만 아니라 가시도 사랑해달라고

낮 달맞이

봄이면 마당을 서성이며
대문가에서 손님을 부르는
소녀가 있다

분홍치마 즐겨 입는 환한 얼굴로
피곤한 영혼 곱게 씻어
은은한 향기로 상처를 싼다

그 웃음 약이 되어
바람결에 실려 오니
이름이 분홍 낮 달맞이

비가 예보되어 있는 한낮
입꼬리 올리며 소곤소곤
귀엣말을 나눈다

삶의 방정식

복사물 같이 찍어내는
그런 날이 힘겨워
어느 날 맨발로
생소한 길에 선다

빛 없인 못살되
강렬히 발사하는 빛에
숨을 몰아쉬는 것은
두고 보기 애처로운
생명의 절규

언제나 우리는
어려운 방정식을
다 풀 수 없는 일
하나씩 또 하나씩
아주 조금씩
매듭을 풀어가야 하는 일

인내심

여름이
갓 사온 바지처럼 길다

추워서 동동 구르던
계절에 따끈하게 군불 지피는
행복을 맛보는 야릇함
괜찮은데

여름의 한복판에서
불이라도 꼭
견뎌내보리라고
아니다 아니다 하며
어찌 못 참고 선풍기
바람 속으로 등 돌려대는가

자화상

거울을 들어다 본다
그 속에 사내가 갇혀있다

네가 누구냐
자세히 보아야 한다
익숙하긴 하지만
지금도 직접 볼 수 없는
그를 나로 받아들이기에
왠지 서먹하여 주저한다

때론 나도 가혹하게 조련 않으면
고삐 느슨해져 풀릴 거고
울타리 넘어 도망하지 않을까
또 거울을 보고 호통 쳐 보노라면
거울 속 그 사내
먼저 되레 호통이다

백리향이 필 때

백리향이 필 때면
너의 잔잔한 향기와 미소
낮은 포복 느림보 걸음의
미약한 존재로도
담을 넘는 것을 본다

이름처럼 백리를 향해
살아 보고픈 꿈
가야 한다 앞을 향해
이를 악물고
밤낮 없이 미지를 향해
출사표를 던진다

넝쿨

하늘 향해 두 팔 벌린 넝쿨 손
솔바람에도 하늘거린다
좌우상하를 두리번 두리번
땅 거죽을 기어갈 수만 없어
머리 늘고 손을 뻗는다

손 내밀면 받아줄런지
눈알을 껌벅 거리며
붙들어 달라 애원 한다
헛디딘 발처럼 무너질 줄 알면서
그래도 붙잡고 하소연 한다

벽 오르다 미끄러져
원점으로 돌아와도
포기 할 수 없는 출발선

낙화

목련 꽃 속에 어머니가 살았다
다소곳한 웃음
모습이 닮았고
지는 모습이 어쩜 꼭 같다

우리 집 뜰에 있는 목련을
볼 때마다 어머니 생각난다
화려하지 않아도 부드럽고 곱다
약한 바람에도 꽃잎이 날려
발등에 떨어진다

화려하지 않은
어머니 한평생 지고
또 세월이 가도
잊혀지지 않는 목련 꽃
가슴속에서 꽃대를 올린다

수선화가 피던 날

기다렸던 절기 봄 속에 묻혀
봄꽃의 인사로 아침 연다
줄선 봉우리 차례로 터뜨려
세우는 꽃대 어쩜 튼실하다

상냥한 미소 폭풍 수다로
너만의 재롱에 입술 벙근다
겨울 지나며 갈증과 기근에
숨쉬기도 힘겹지 않았던가

매무새 단장하고 나와서
바람에 파르르 떠는 옷깃
여기요 여기요 하며
함성이 가득한 집 마당

외로움이 붉다

질경질경
구름을 씹는 노을
목 타는 외로움이 붉다

꽃도 열매도
허기지고 목마른 아침
들녘과 산야 쭉정이와 마른 풀들
저만치 다가오는 햇살에도
등 돌려 미운 화살을 쏘는
속 타는 몸부림이다

어젯밤 비가 왔다
비는 밤새도록 후드득
위안의 박자로
길 터 자는 약속인 듯
젖은 얼굴로 웃는데
목숨 끊어진 것들은 미동이 없다

삶의 궤적에서 탐색하는
서정적 자아

김송배
(시인, 한국문인협회 자문위원)

해설

삶의 궤적에서 탐색하는 서정적 자아

김송배

(시인, 한국문인협회 자문위원)

　현대시의 발상이나 주제의 투영은 대체로 그 시인의 인
생 체험에서 창출하는 것이 보편적인 시법이다. 이는 한
시인이 간직한 인생의 변모들이 우리의 상상력을 통해서
재생되고 그 재생된 상상력의 일단이 창조적으로 발현할
때 그것은 이미지로 전환하게 되는 특성을 알 수 있다.

　이러한 삶의 궤적(軌跡)에서 창출되는 이미지는 우리 인
간들이 공통으로 소유한 칠정(七情)에서 그 애환(哀歡)이나
인생관을 시적으로 형상화하는 경우를 많이 접하게 되는
데 이는 그 인생 자체가 시라는 지적인 매체를 통해서 시
적 진실로 승화하는 과정을 우리는 중요시하게 된다.

　여기 박태원 시인의 작품에서도 이와 같은 경향을 간과
(看過)할 수 없을 것이다. 그는 시적 상황의 설정이나 주제
의 지향점을 인간의 삶을 통한 애환으로 적시하고 있어서
자신의 주변이나 사유(思惟)의 내면에서 탐색하는 시법을
확인하게 되는데 이는 작품의 구상에서부터 공유하고 공

감하는 보편성을 이해할 수 있게 한다.

> 태풍 뒤에 새털 같은 구름이
> 차일인 듯 덮는 하늘인데도
> 여름의 성격은 너무나 확연하다
> 마당 가득 생명 있는 것들의
> 푸르름이 저마다의 음량과
> 음색으로 목소리를 높인다
> 가마솥 열기를 감당하지 못한
> 마당가 여린 풋나물들이
> 몸을 꽈배기 마냥 비틀어
> 목숨을 구걸하는 삶의 애환
> 그들의 틈바구니에서
> 만물의 영장으로서의 권한을
> 어깨에 멘 슬픈 아골 골짜기
> 하늘에 뜻이 있나니
> 크거나 작거나 앞서거나 뒤서거나
> 정오시간 푸름이 눈에 차다
> 눈으로 먹는 치유의 알약

–「어느 날 오후」 전문

우선 박태원 시인은 '삶의 애환'이라는 대단원의 범주(範疇)에서 '생명'에의 진실을 구현하려는 정서의 심저(心底)를

읽을 수가 있는데 이는 그가 우리들에게 전하려는 메시지는 바로 '목숨을 구걸하는' 만유(萬有)의 생명체들이 요동하는 현장에서 '만물의 영장'에게 부과된 '슬픈 아골 골짜기'의 애환이다.

그는 다시 '어느 날 오후'라는 시간성이 적시하듯이 여름과 식물들의 상관성은 아무래도 우리 인간의 목숨과도 유사한 생존의 현상들이 전개되면서 우리들의 공감을 유도하고 있다.

이처럼 시는 우리들에게 회상된 체험의 중심에서 자아를 인식하는 단계를 지나 성찰이라는 중요한 여과(濾過)장치를 통해서 칠정 중에서도 애(哀)와 애(愛)를 주제로 설정하는 것이 우리 현대시의 특징이라고 할 수 있다.

결국 나의 시적 지향점은 인생관이나 가치관의 확인이나 재설정으로 자아를 확고하게 함으로써 자신의 삶과 존재가 명징(明澄)하게 인식할 수 있게 되는 것이다.

갈잎의 노래를 듣는가
바스락 거리며 떨어져
바람 따라 뒹구는 얼굴에
애잔한 가을이 담겼다

소리 없이 오는 빗방울
마음까지 젖어오는데
가을이 슬픈 이유가

여기에 있었음을 안다

너와 내가 멈춰선 갈림길
숙명의 틈바구니에서
잡지 말라고 가야 한다고 하는
이유가 분명하다는 것을
이제야 듣는다

－「갈잎의 노래」 전문

이 작품에서도 서정적 자아 탐색을 계속한다. 그는 '갈
잎'이라는 사물에서 '애잔한 가을'과 '가을이 슬픈 이유'를
인식하는 지적인 이미지의 창출을 통한 그의 시적 원류를
확인할 수 있게 한다. 그는 이러한 가을의 슬픈 이미지를
흔들리는 갈대의 잎에서 흡인(吸引)하고 있어서 그는 '너와
내가 멈춰선 갈림길 / 숙명'이라는 단정으로 주제를 이끌
어 '이제야 듣는다'는 인식의 결론을 적시하고 있다.

우리 인간이 간직한 칠정 중에서도 많은 시인들이 애
(哀)에 관한 체험을 투영하는 경향을 살펴보면 우리 주변
에서는 누구나 경험하는 애별리고(愛別離苦)의 숙명적인 삶
의 현장에서 감응하는 고통이 시적으로 형상화하는 시법
을 흔하게 대하게 된다.

그는 다시 작품 「간이역의 오후」에서 '간이역에서 갈 길
을 찾는 / 서글픈 인생 오후 / 물방울이 어느 골짜기를 더

듬어도 / 강으로 흘러 바다로 가듯' 그는 '빗물 나그네'의 서글픔을 인식하면서 자아를 탐색하고 있다. 그리고 작품 「구월은 가고」에서도 '허기진 배 채워 계절의 보화로 / 빼곡히 얻어 들여도 / 시월 얻은 기쁨보다 / 구월 잃은 슬픔에 / 마음이 시립니다'라는 어조와 같이 슬픔의 언어가 시간성과 함께 그의 시혼(詩魂)을 흠뻑 적시고 있다.

밀려오는 그리움올
소년은 가슴에 동여매고
밤을 하얗게 새우며
길이 없는 길을 몇 바퀴 사색했었지

시간이 하현달처럼
기울어진 시간일지라도
가난한 그리움은 불쏘시게라
하늘을 물들이고 산야를 태우고

붉게 지는 하루해가
물속에 들어가 있다
하얗게 정갈하게
그리움을 헹구는가 보다

−「네 마음을 살 수 있다면」 중에서

박태원 시인은 앞에서 관찰한 자아가 생명과 그 애환을 극복하면서 상호 화해와 융합을 위한 한 방편으로 그는 '그리움'이라는 절대적인 관념을 투사(投射)하는 시법을 현현하고 있다. 이는 그의 체험에서 발현된 '가난한 그리움'은 바로 '삶의 애환'에서 재생된 상상력의 산물이라고 할 수 있다.

그는 작품 제목과 첫 연에서 이미 감지(感知)할 수 있듯이 '이 한 줄 글로 / 네 마음을 살 수 있다면' 그가 자아에서 창출한 서정성이 '하얗게 정갈하게 / 그리움을 행구'는 원동력으로 형상화하고 있는 것이다.

그가 이 그리움의 원류로 흡인하는 것은 '찢겨 나간 깃발'과 '길이 없는 길' 그리고 '기울어진 시간'등의 시적상황은 어쩌면 '그리움'이란 내면의 진실을 외연(外延)에서 포괄하는 사물과 관념의 융합이어서 우리의 공감영역은 확대되고 있는 것이다.

눈을 감아도 보고
보고 싶은 어릴 적 친구
오늘따라 무척이나 그리워져
하얀 도화지에다 네 얼굴을 그리고 싶어
데생 연필을 들었다

－「그 어릴 적 초상화」중에서

그가 추적하는 '삶의 애환'에는 많은 추억이 잠재해 있다. 유년시절의 경험은 바로 작품으로 승화하는 마력(魔力)을 갖는다. 이 '그 어릴 적 초상화'는 바로 우리 모두의 생생한 그리움이다. '하얀 도화지에다 / 네 얼굴을 그리고 싶'다는 상상력의 재생은 그리움의 본령(本領)이라고 할 수 있다.

그는 데생 연필로 친구 얼굴을 그리고 크레파스로 칠한다. 그리고 '완성된 그림을 액자에 넣'고 벽에 건다. 그러나 '다정한 얼굴이 벽에 걸리기 전 / 서산에 해가 먼저 걸릴 것 같아 / 마음 쓰이는 날이다'는 다정다감한 '보고 싶은 어릴 적 친구'에 대한 애틋한 그리움이 시적 물결로 분사(噴射)되고 있다.

일찍이 누군가가 말했다. 그리움은 우리들 혼의 가장 순수한 부분이 미지(未知)의 것을 향하여 갖는 사랑의 언어라고 했다. 이 그리움의 시적 상황의 도입이나 내용의 전개 또는 주제의 투영과 언어의 적절한 배치는 바로 사랑의 추억이 내재되어 있는 것이다.

대체로 살펴본 박태원 시인의 작품들은 삶과 생명의 복합적인 구도에서 그가 목숨과 그 애환이 바로 자아를 인식하고 성찰하는 과정에서 사랑과 그리움 등으로 변환하는 시적 진실 탐구의 여정(旅情)을 이해하게 된다.

이렇게 사물을 의인화하는 내면에는 세월이라는 시간성과 동행함으로써 실질적으로 적시하고자 하는 시적 진실은 인간과 시와의 동질성을 회복하려는 그의 시법은 그 과정이나 그 속성에서 우리 인간들과 괴리(乖離)되지 않는 성정(性情)의 발현을 높이 평가하게 된다.

박태원 시인은 천성적으로 서정을 추구하는 시인이다. 잘 아는 바와 같이 서정에 대한 시적 관념은 일상생활에서 체험한 보편성의 범주에서 이미지를 창출하면서 주제에서도 고차원의 지적인 주지주의적인 메시지를 고집하지 않는다. 그는 작품 「12월의 갈대」에서 '강풍이 빗질하는 강섶 / 어느새 나도 / 그 속에 갈대가 되었다'는 어조는 간결하면서도 가슴 깊이 다가오는 서정의 절정이다.

영국의 비평가 리처즈가 말했듯이 우리의 일상생활의 정서생활과 시의 소재나 주제 사인에는 별 큰 차이가 없으며 다만, 생활의 언어적 표현만이 시적인 기교를 사용할 뿐이라서 이와 같은 작품들은 우리의 정감을 공유하고 있다.

또한 그는 소재와 주제 그리고 언어에 있어서도 러시아의 비평가 쉬클로프스키가 주장하는 '낯설게 하기'의 지나침도 없고 별도의 생소화(生疎化)도 보이지 않아서 사물과 관념의 은유적 처리에서 모순어법(oxymoron)도 찾을 수 없는 아주 평범한 서정적인 시법을 구현하고 있어서 박태원 시인의 작품들은 우리들에게 명민(明敏)하게 제공하는 시적 묘미를 다시 확인할 수 있을 것이다.

절정이다

박태원 지음

발 행 처 · 도서출판 **청어**
발 행 인 · 이영철
영　　업 · 이동호
홍　　보 · 천성래
기　　획 · 남기환
편　　집 · 방세화
디 자 인 · 이수빈 | 김영은
제작이사 · 공병한
인　　쇄 · 두리터

등　　록 · 1999년 5월 3일
(제321-3210000251001999000063호)

1판 1쇄 발행 · 2022년 4월 10일

주소 · 서울특별시 서초구 남부순환로 364길 8-15 동일빌딩 2층
대표전화 · 02-586-0477
팩시밀리 · 0303-0942-0478

홈페이지 · www.chungeobook.com
E-mail · ppi20@hanmail.net
ISBN · 979-11-6855-025-4(03810)